食悟

北京时代华文书局

人如其食

You are what you eat.

序
Preface

每个人心中，都有一个远方，
每个人心中，都有一个故乡，
为何总是久久盼望？
因为我们正在路上。

不知道你有没有发觉？
有什么在悄然改变？有什么在慢慢复苏？
欲望膨胀之后是精神回归；
物质过剩之后是断舍离；
乱象丛生之后是心灵重建……

让我们静静地感知……
地球的整体气息正在触底反弹，
人类的集体意识正在觉醒振作，
高维的精神文明正在酝酿新生……

不知不觉，亦可见可察。
我们的周遭，
更多发自良心的呼唤，
更多正面的声音响起，
更多新人类的文明表达，
它们正在撼动那曾让我们失望的社会，
它们正在拯救这岌岌可危的世界。

只是，作为个体的我们，如何参与到积极净化的那一方？

生存，是背负在人类肩上重重的壳；
生活，是人们锲而不舍的苦中作乐；
而疾病与死亡，却又是一根横在享乐之上的梁木，
任谁也逃不掉。
生存的意义，每个人都会思考，
生命的价值，无人不想找寻，
生活的压力，并不能把所有梦全都磨灭，
死亡的归宿，是人类永远的叩问。

虽然，我们不免被裹挟前行，
真伪难辨，方向难寻，
但，越是混乱，越应该生出逆流而上的勇气。

记得四年前的秋天，我们决定开始做一档素食的微杂志，
为纯净素食的推广尽一点绵薄之力。
其实，从未觉得这是一条少有人走的路，
也相信它终将是人类文明进程的必经之途。

如今回看，不禁感叹，我们付出并不算多，却收获满满。
收获了许多同行者，收获了故事，
收获了一次次的感动，感恩，
收获了偶尔的开悟与长久的安然……

很庆幸，从各自的某一个时刻，我们开始了，开启了。
籍由此书，献给将要，正在，和已经出发的我们。

一草一木，

一食一物，

一事一件，

浑然而天成。

一举一动，

一言一行，

一动一静，

合乎于自然。

谁也不曾想到，
在这次持久的对纯净素食的研习历程中，
竟然能生出如此多的美好和无限的妙处来。
有无数闪光的瞬间，有许多创新的滋味，
有彼此喜悦，有合作无间，
有爱的流动，有心的柔和。

良善的初心，赤诚的付出，
纯净的坚持，耐心的细作，
让我们真实地体验到：做饭，是一件快乐的事。
若我们可以天真为乐，以纯净为乐，
以新颖为乐，以和谐为乐，以简朴为乐，以丰盛为乐，
以仁为乐，以德为乐，
行端义正，自然而然，则可以长乐。

尽物性，启悟性。
生活禅，处处可参，
受不言之教，得会心一笑。

我们与食物，食物与器皿，
心意与灵感，气息与味道，
光线与影像，乃至我与我，
我与我们，我们与自然，
仿佛融入一方合和的炉，烘托出优美的呈现，
炼化出心灵的光感，打磨出精神的亮度。

素，是一个奇妙的单字。
它是初始，它是元素，
它是种子，它是核心。
它是可以生出无限的起"因"。

今天，
我们研习素，领悟素，呈现素，并且，成为素。
成为最初的，极微小的元素，
或许经过漫长的等待，孕养，育化，
相信在未来，
终将衍生出一个崭新的，高维的文明纪元。

目录

Contents

家常

Home Style Cooking

汤

Soup

轻食

Light Meal

家常
Home Style Cooking

绵绵“香”扣

肯花时间，花心思，
好好做一道菜，
才能做出好菜。

在一个平日里，
悠哉悠哉地，
从磨制米粉开始，
慢慢细细地，
为自己，做道新菜。

待蒸气升腾起来，
香气飘散得满屋。
土豆的粉绵绵，
冬瓜的软绵绵，
与蒸粉融合得丝丝入扣，
入口即化，
绵绵不绝。

浮生半日，何需偷？
闲不下来，
从来无关时间，
只因我们那一颗
不肯安静的心。

粉蒸冬瓜土豆

「**食材** / Ingredients」

白米、冬瓜、土豆、梅菜干、
十三香、香油

「**步骤** / Steps」

蒸粉

1. 白米泡两个小时备用。将泡好的米沥干水，倒进锅里慢慢炒香，变成淡淡黄色。炒好的米，用研磨机打成粉，稍微有点点粗颗粒蒸出来更有口感。

2. 将十三香料粉与米粉混合，搅拌均匀。在混合好的蒸粉里，加入盐、酱油、糖、香油调味。

蒸

1. 在碟子底下铺上混合了蒸粉的梅菜干。
2. 冬瓜、土豆分别切片。
3. 在蒸粉里滚过裹一层，间隔摆放好，铺在梅菜干上。
4. 放入蒸锅里蒸半小时，就好了。

小贴士

自己炒过的米制作蒸粉特别香。
梅菜干也可以用大头菜等咸香的咸菜代替，增加口感和风味。

金汤玉丸

南瓜经过高速旋转，
呈现出浓稠饱满的明黄，
天然的色泽，
便这般灿然生辉。

金汤中的芋圆，
粒粒如珠，
粉糯的口感，
馥郁的芋泥，
镀金样裹一层南瓜浆，
菇菌包藏其心，
滋味层叠，色香兼备。

用自然出彩，
以自然入味，
天赋万有，
灵机一现，
巧思多做，
喜悦常常。

金汤芋丸

「**食材** / Ingredients」

香芋、杏鲍菇、南瓜、腰果、
芥末、柠檬汁

「**步骤** / Steps」

1. 香芋切薄片，蒸熟，压烂成泥。
2. 杏鲍菇切1厘米见方的小粒，煎至快熟时加入适量芥汁酱油。
3. 取10克温热的芋泥，如搓汤圆般，包入3-4粒杏鲍菇，收口、搓圆。
4. 在等待香芋蒸熟的过程中，可以做“金汤”。
5. 将生腰果在冷水中泡至少30分钟，滤干后加入凉开水，用高速搅拌机打成腰果奶，再加入蒸熟的南瓜和适量盐及柠檬汁，打成细腻糊状。腰果奶的稠度、南瓜的颜色及南瓜的量决定了金酱的颜色，可以慢慢加入南瓜，调出漂亮的颜色。
6. 金汤调好后，加热至沸腾，将香芋芥末丸摆放到金汤中，趁热享用。

栗「仁」

秋意渐浓，
来年的生机就藏在
一颗颗的果实里。
粉糯的芋头和
甜香的板栗，
紫与黄的互补，
用什么把它们
合在一起？
索性焖一锅喷香的炊饭，
吃个痛快！

芋香栗子焖饭

「**食材** / Ingredients」

板栗10颗、小香芋8个、香菇5朵、
米饭2杯

「**步骤** / Steps」

1. 淘好米后下锅炒香，炒至淡淡金黄色，让米饭更香。
2. 炒过的米放入电饭锅，加水，加一勺香麻油。
3. 板栗、香芋、香菇，切粒，加酱油和盐，略为炒一下，板栗稍软即可。
4. 把炒好的料加入米里，煲熟。
5. 饭煮好后，根据口味加少许酱油和香麻油拌匀。

非树非花

特别的食材，
会给平素的餐桌增添意趣。
简单的翻炒，
就能带出食物本来的美味。

口感独到的灰树花，
似菇似菌，
似脆非脆，
以异香的沙姜入味，
更是别具一格。
腐竹和灰树花慢慢炒干，
馥郁的香气，
与油润的落叶色系，
正合秋浓。

做一道美食，
就像过日子，
其实，没有以为的难，
甚至可能简而易得。
但要过得有滋有味，
却，也得花点心思。

沙姜炒灰树花

「**食材** / Ingredients」

灰树花、腐竹、沙姜粉、红椒、芝麻、红糖

「**步骤** / Steps」

1. 新鲜沙姜切片，晒干，用料理机磨成粉。（一次磨多一些，装在干净的容器里，可以存放。）
2. 腐竹和灰树花提前泡开，挤干水。
3. 腐竹斜切成条状，灰树花也手撕成细条。锅里下油，烧热后加入灰树花大火炒，约2分钟，等香气沁出来。加入腐竹，一起翻炒至熟。
4. 撒入沙姜粉、盐，翻炒几下，然后加入一点水，让几种食材的味道更好地融合，再翻炒几下。
5. 起锅前加一些红椒调色，再加一点酱油和麻油提鲜，出锅后撒上芝麻点缀即可。

红果素语

以去湿的薏仁入菜，
与几样鲜色的配菜同样炒香，
加上点睛的葡萄干，
一起盛入天然的火龙果碗中。
满满春色，跃然碟上。

原本，并不稀罕的普通食材，
稍稍用心，就可以这么惊艳，
如一捧美意，
细述着大自然的给予，
字字珠玑。

红果素语

「**食材** / Ingredients」

薏米、玉米、红萝卜、青豆（黄瓜）、
黑加仑子干、火龙果、素蠔油、玉米油

「**步骤** / Steps」

1. 先用淡盐水泡薏米半小时（盐水可去掉薏米的尘味），另用清水泡几颗黑加仑子干。
2. 用清水把薏米洗三遍放进容器，再用水没过薏米一些，敞开盖子隔水蒸半小时。
3. 火龙果外皮冲洗干净，用刀把火龙果对半切，再用铁勺子把果肉挖出（果肉用来可榨果汁或煮水果茶），即是火龙果船。
4. 把玉米粒剥出来，红萝卜切成小方丁（大小同玉米粒），青豆剥出来。
5. 用锅烧开水，放些油盐，再分别把玉米粒、红萝卜丁、青豆放进开水焯一下，捞出。（若无青豆，亦可用青瓜丁代替，青瓜切丁免焯水，直接用点盐腌一腌即可。）
6. 热锅里放些许油，把焯过水的玉米粒、红萝卜丁、青豆（青瓜丁）放进去炒，放点盐，轻炒几下出锅。
7. 热锅里放些许油，把蒸好的薏米捞出放进锅里炒香，加适量盐和素蠔油，炒几下，再把之前炒好的玉米粒等一起放进锅里炒几下，即可出锅放进碗里，用勺子舀进准备好的火龙果船。
8. 再用点油盐炒下黑加仑子，放几颗点缀在最上面。

蕃茄酿

「**食材** / Ingredients」

冻豆腐、芒果、小番茄

「**步骤** / Steps」

1. 冻豆腐解冻后，挤干水，用手撕成细碎状。平底煎锅中先不放油，把冻豆腐碎炒干，再放油，炒至有些微微金黄色即可（不需要煎太干）。
2. 用料理机将芒果打成芒果酱，与炒后的冻豆腐碎拌匀。（芒果多一些，颜色会更金黄好看一些。）
3. 将小番茄切开成小盅状，用小勺挖空瓤，装入馅料，盖上番茄蒂。
4. 烤箱180度预热，将番茄小盅入烤箱烤至20分钟，番茄皮略微皱缩，而番茄蒂又还没变黄为止。

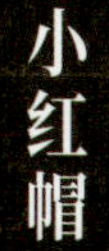

小红帽

打起精神，
做些鲜色的食物，
改写心情。

嫩黄的碎炒豆腐，
填入红红的果实，
盖上小红帽，仿佛一个个，
踏春的小童。

纯然的物性，
纯然的人性，
纯然的天性，
一定都同样的真与正，
如赤子，
永抱无限的希望。

擂鼓

当时间，
行到又一个节点，
当生命，
开始下一个段落，
我们，何言以对？
我们，何行以动？
我们，何德以立？

一下，一下，敲击心扉，
一声，一声，震动心灵。
似久远的钟鼓，
若天际的回响。

一砵茶饭，性定心安，
青叶片片，擂研磨砺，
以食寄意，鼓舞涤荡，
和合借境，叩问醒思。

擂茶饭

「**食材**/ Ingredients」(7人份)

罗勒50g、香菜100g、白勒叶30g、薄荷叶100g、白芝麻180g、花生250g、荷兰豆500g、豆角250g、萝卜干250g、芥兰250g、眉豆200g、生姜80g、干香菇30g、生菜250g、客家豆腐250g

提前准备:

1. 香叶的炒制:
   把洗净的罗勒、切段的香菜、白勒叶、薄荷叶在少许油的锅里,放入姜片,炒软。加入适量的盐和水煮沸腾后关火起锅,盛出备用。

2. 芝麻的炒制:
   锅内不用放油,小火将芝麻炒出香味,盛出备用。

3. 花生的炒制:
   花生去壳后放入锅里翻炒,直至有香味后放入适量的盐炒均匀后起锅,单独盛出。

4. 荷兰豆、酸豆角、芥兰、生姜、生菜的炒制:
   分别用适量的油爆炒到一定程度后(变软或出水),便可放入适量的盐调味(生姜则放入酱油),便可出锅。
   注:以上材料必须各自分开炒制,单独盛出。

5. 眉豆的制作:
   放油入锅,把泡发的眉豆翻炒一段时间后放入50克的水焖至收汁、眉豆飘香后放入适量的盐调味,盛出。

6. 香菇的炒制:
   香菇泡发后,挤干水,切小丁,放油入锅炒熟,最后放适量的酱油调味,出锅,盛出。

「**步骤** / Steps」

茶汤的擂制

1. 把炒制好的白芝麻放入擂钵擂成浆状，再加入炒好的香草（连同汁液）擂成细糊状，再加入花生粒，擂成看上去很细滑即可。

2. 最后，用刚刚烧开的水（1500ml）冲入已经擂制好的茶底中，搅拌均匀。（浓淡看个人口味来调整水量）

3. 完成后的茶汤，有抹茶般的雅致绿色，香味儿特别醇厚。可以浇在米饭上，再搭配其余炒香的小菜一起享用。

“客家自制酸豆角”私房配方

1. 长的嫩豆角（豇豆）尽量不折断，清洗干净，放入开水中焯两分钟。

2. 另备一盆清水（或者凉开水），将煮过的豆角捞出迅速放入凉水中浸泡，以便保持豆角的翠绿和爽脆。

3. 将豆角再次捞出沥干水，把豆角切成小丁，用油、酱油、老陈醋及红糖腌制30分钟。

4. 冷锅放油把腌渍过的豆角炒一炒，炒的过程中可以适量倒入腌渍豆角的液体，大概炒两分钟左右，就可以起锅了。

「仁」之爱

豆仁，谷仁，果仁，
圆坨坨，实诚诚。
结实的小南瓜做盛，
全不似外表那么坚硬，
入口如栗子般粉甜。
金黄的黎麦仁配合三色豆，
炒出了麦仁饭的新意。
牛油果的跨界点睛，
令豆谷香中，
又添细滑果鲜。
赞叹色泽的质朴与天然，
唯有感恩上天的赠予。
仁，
既作为人之食物，
亦作为人之精神。

藜麦金瓜盏

「**食材** / Ingredients」

贝贝瓜、藜麦、红豆、黑豆、扁豆、
牛油果、碧根果、红椒

「**步骤** / Steps」

1. 准备贝贝瓜5个，从中间横面切开，在里面挖个洞。

   （注：挖出来的瓤可以蒸熟打成南瓜羹。）

2. 把挖好的贝贝瓜排好在烤盘上，均匀涂上橄榄油，撒上盐和黑胡椒粉。烤箱200度预热，烤20–30分钟，烤到里外都软了。

3. 红椒切粒，藜麦蒸熟。豆子提前一晚泡好，并煮熟。锅烧热，下橄榄油，先炒红椒粒，然后加入豆子和藜麦一起炒香，最后加入盐和黑胡椒调味。

4. 牛油果切小粒，加入炒好的藜麦饭里拌一下。最后把拌好的藜麦炒饭盛入烤好的贝贝瓜里。

甜思思

轻轻咬开，
充沛的糖，丝丝脆断，
碎得满口，
被包裹住的清甜从里面，
渗透出来，渐渐相合。

我们
有多久没有品尝到
——甜？
有多久没有禁不住
——笑？
有多久没有放得下
——心？
有多久没有感到过
——爱？

一刻的甜意，
长久的美好，
思甜亦思源。

拔丝

「**食材** / Ingredients」

苹果1个、红薯/山药 500g、砂糖 500g、
食用水150ml 、油适量

「**步骤** / Steps」

拔丝苹果

苹果1个、天妇罗糊(低筋面粉一杯、土豆淀粉两大勺、冰水150ml、醋35ml)、生粉30g

1. 苹果去皮洗净,切小块,并用盐水浸泡。
2. 将苹果块裹一层生粉,再沾天妇罗糊,进油锅炸至浅棕色,捞出沥干。

拔丝山药

红薯/山药去皮,用挖球器挖出球形。油烧至5成热(冒泡泡)放入红薯/山药球,炸至金黄色捞起沥干备用。

糖浆

在小锅中加入细砂糖和水,中火把糖融化后,转小火,把糖熬至浅琥珀色。(中火转小火后不再翻动糖浆,以免翻砂。)

拔丝

将锅离火,苹果/红薯/山药球裹糖浆塑形,(或者把糖浆淋上去)趁糖浆还没有硬化,用金属勺子或者木筷子将红薯/山药球上的焦糖往高处拉,糖丝就出来了。

注:盛拔丝的器皿提前抹上一层油防粘。

辣

Spicy Food

山药烤酿辣椒

「**食材** / Ingredients」

红、绿尖椒、铁棍山药、蘑菇、西红柿、孜然粉

「**步骤** / Steps」

1. 铁棍山药去皮切片，上蒸锅蒸15分钟。
2. 期间，将泡发的蘑菇挤干水，切丁，加入少许胡椒粉与盐，腌制10分钟。
3. 将蒸透的山药用工具压成泥，并撒入孜然粉和细盐，充分和匀。
4. 将西红柿切丁，红、绿尖椒纵向对半切开，除去籽囊。切开的尖椒内壁刷一层油，然后将调制好的山药泥酿入，将蘑菇丁与西红柿丁均匀铺在酿好的尖椒面上，并刷一层油。
5. 撒上手磨混合胡椒粉，放入已经200度预热的烤箱里，200度烤制15分钟出炉上碟。

醒醒神

鲜烤出炉，美不忍食，
轻咬一啖，妙不可言。
慢下来，
做道新学的小菜
为沉闷的餐桌，醒醒神。
家常的每一餐，
日日年年，已无新意。
真正旧了的，
是我们的心境。

把细长的彩椒，
对分而开，
不期然，
被那艺术品一般的
切面所打动。
鲜美的色彩，
让精神立时一振。

蒸透的山药，捣成泥，
悉心酿入彩椒。
细腻白雪配鲜红美绿，
实在上镜入画。
再铺上香菇碎，等待焗烤。
过程中，感悟静美。
时间，从无疾徐，
追赶着我们的，
其实是不安的自己。

另一味

很多种香料，
与姜黄混合在一起，
配比出超越酸甜苦辣之外的
另一味。

吃咖喱时，
常常是在第一口就被满足，
浓郁的味道瞬间充盈，
似辣非辣，香中有香，
集众味而合一。

人生亦百味，
是否要一一尝遍，
才知苦？
世间尽百态，
是否要一一经历，
才知难？

经过了
酸甜苦辣的兜兜转转，
你的另一味，
找到了吗？

素咖喱

「**食材** / Ingredients」

2块纯素咖喱块、1盒椰浆、1个小辣椒、
土豆2个、鲜冬菇10个

「**步骤** / Steps」

1. 洗干净冬菇，切片，干锅慢火炒。等冬菇的水份蒸发完，收缩变小后，倒油进去，继续炒香，然后出锅。
2. 倒入适量油，将切好的土豆和胡萝卜先炒几分钟，然后倒入适量的水，再放进两块全素咖喱块，搅拌融化。
3. 最后加入小辣椒、盐、酱油，把锅盖盖上，大火焖10分钟。10分钟后揭开锅盖把冬菇与椰浆倒入锅再焖10分钟左右，出锅。

小贴士

放椰浆的时间很重要，早放椰浆，椰浆吸热快，咖喱容易糊。

酸菜白灵菇

「**食材** / Ingredients」

酸菜1棵、白灵菇1-2个、小米椒20-30颗、
花椒30-50颗、干红辣椒15-20颗、胡椒粉少许、
生粉少许、香菜少许

红油
干辣椒粉、白芝麻、白糖、花椒、盐、菜籽油

「**步骤** / Steps」

1. 调芡汁，生粉里加入少许胡椒粉和盐，兑水调均匀。白灵菇切薄片，放入芡汁里腌10分钟。
2. 锅里倒入适量的油，烧热后，放入花椒和干红辣椒爆香，然后捞出备用。用剩下的油翻炒小米椒。加入切好的酸菜炒熟，加水，煮开。捞出大部分的酸菜，铺在最后出品的盘底。
3. 剩下锅里的酸菜，加水，水煮开后放入白灵菇片；等白灵菇煮熟变软，捞出白灵菇放在碗底，把汤浇上。
4. 把炸好的红辣椒、花椒铺在上面，另外起锅烧热油，浇在花椒和干红辣椒上，撒一点新鲜的香菜。

红油

「**步骤** / Steps」

1. 辣椒粉小火慢慢烘炒，炒干，放凉，重复三次，然后倒入不锈钢盆中，再加入炒熟的白芝麻。
2. 锅里倒油，烧热；把花椒倒入油锅，炸熟，捞出。油稍微放凉一点。炒好的辣椒粉和芝麻中加入白糖少许，盐少许。最后把烧好的热油边泼边搅动即可。
（油至少要没过辣椒粉）

串

一个象形的文字，
一种特别的食法，
一通乐呵的忙活，
一番『冷』『浸』之后，
却是，
一口的麻香热辣！
一串，一串串，
串起欢声笑语，
串起彼此关爱，
串起记忆点滴，
串联起，
那些以为疏远了的
你们与我们。

冷锅串串

「**食材** / Ingredients」

四季豆、豆干、土豆、藕、彩椒、白菜花、莴笋、木耳、花椒油、辣椒粉、生姜、蘑菇粉、白糖、白芝麻

「**步骤** / Steps」

1. 将所有食材切薄片或分成适合穿串的小块，分批在盐水中焯熟一下。焯熟一种菜，迅速过冷水，捞起沥干。
2. 注意先焯熟无特殊味道的菜，再是一些特殊味道的菜。土豆和藕可以切得尽量薄，如果刀功好，能透光的那种厚度最好。
3. 准备红油。将辣椒粉放在干燥碗里，将油烧热（至筷子伸进油中时，迅速有较强烈的气泡出现），迅速将热油倒入辣椒粉，即可。
4. 花椒油的制作。将花椒在油锅中以中小火慢慢煎出香味，注意不要焦掉。将油和花椒一起倒入碗里。待冷却后，用擀面杖的头轻压花椒，这时花椒已冷却变脆，很易压碎出香。
5. 将姜蓉水（姜蓉在冷水中泡20分钟）、盐、蘑菇粉、白糖、酱油、花椒油、红油在较大的器皿中混合，液体的量以可以浸泡住所有的食材为宜，红油可以多些，也可以加凉水。
6. 将所有食材穿串后，在红油汁水中泡二十分钟，如果不能完全浸泡，就不时用勺子舀些汁水淋在食材上，或者吃的时候再在汁水里蘸一蘸。

花样美“饭”

人类的口腹有多难满足？
任多少珍馐美味也填不平。
不过，
这个共性碰到石锅拌饭…
似乎，又成了悖论？

不过是一盏热热石头小锅，
不过是切了丝的几样小菜，
不过是一勺自制香辣拌酱，
组合起来的色，香，味，
却是无限叠加的倍增，

敬对每一食，每一物，
它们必美回来给你。
认真做饭，做出范，
认真做人，做成仁，
享知足而乐，
便在眼前了。

石锅拌饭

「**食材** / Ingredients」

米饭、黄豆芽、菠菜、蕨菜、胡萝卜、香菇、金针菇、香油、韩式辣椒酱

「**步骤** / Steps」

1. 各种蔬菜洗净，切成8-10cm左右长度备用，菠菜焯水，其余拌菜分别在锅里加少量油快速炒熟，以保证其原味。
2. 煮熟的米饭放入石锅前，在石锅底部及边缘涂抹一层香油，作用是不使米饭粘锅，同时增添香味。
3. 米饭放入石锅后，在表面呈扇形铺上蔬菜。
4. 加热石锅，当听到吱吱作响时即可。
5. 拌入特制的纯素拌饭辣酱，用勺子搅拌使它们混合，浓香四溢，热气腾腾。

（纯素拌酱制作：纯素韩式辣酱、糖浆、酱油、芝麻油、松子和核桃切丁，一起调制融合。）

辣白菜 思密达

亲手淹渍北地泡菜，
自己动手，丰衣足食，
乐趣远大于吃。
一番忙活之后，
一直心心念念的
泡菜锅，炒年糕，
热热辣辣的都一一实现了。

辣白菜，
在寒冷的极北，
每年深秋，
家家户户都要做很多，
储存起来，几乎餐餐少不了。
自己做过才体会到，
一种食物，能流传下来，
养一方人，
不仅是民意，
亦有天恩。

韩式泡菜

「**食材** / Ingredients」

大白菜、白萝卜、生姜、苹果、
梨、糯米粉、辣椒粉、盐

「**步骤** / Steps」

1. 将大白菜开花，并从根部切开一小段，用手掰成2瓣，并清洗干净。
2. 在每片白菜上均匀抹盐，抹好后放在盐水里。（腌制约2-6小时，根据盐的咸度和天气，腌的时间不够，白菜会比较硬，腌过了又会软塌塌的，过程中观察状态，尽量刚刚好。）
3. 25g糯米粉，加250g水，放入锅里用中小火煮，不停地搅拌均匀并煮成糊状。将辣椒粉70g倒入糯米糊中，搅拌均匀，放置冷却。
4. 将苹果、梨削皮去核，与生姜一起放入食品料理机打成糊状，然后倒入之前的糯米糊中，搅拌均匀。
5. 擦半根左右的大白萝卜丝，和酱料一起搅拌均匀。根据口味，加入盐调味。
6. 将腌好的大白菜拿起，抖掉多余的水分，逐片涂抹酱料。
7. 做好后放入干燥、无油的容器里，放入冰箱低温发酵。待一周后口感更佳。

西餐

Western Cuisine

功夫猴菇扒

如果要选一道菜，
展现素食料理的精深，
想來想去，
这猴头菇扒，算是考功夫的了。

大朵，肥厚的优质猴菇，
已是可遇而不可求。
能否去除猴头菇本身的微苦，
更要耐心地处理。
再经过洗、腌、蒸、炸、炒、勾芡，
工序繁复，需一丝不苟。

待品尝到那柔嫩弹牙、
入味多汁的美妙，
还是不禁感叹，
成功总有几分天赋使然。

一道菜，慢工出细活，
不急不躁，借事炼性，
集耐心与细心，
合静心与精心，
若能细细体会，
过程中，已是饱含营养。

功夫猴菇扒

「**食材** / Ingredients」

猴头菇、酱油、素蚝油、生粉、胡椒粉、罗勒叶、芝麻油、玉米油、杏鲍菇、芦笋

「**步骤** / Steps」

1. 用清水把干猴头菇泡软，用手或猴头菇挤压器，把猴头菇挤干水。再注入清水，待猴头菇充分吸水后，再挤干水。如此反复挤七次后，用开水煮猴头菇，约两分钟后夹出来再放进清水挤干水反复三次，可以去掉菇的苦涩味。
2. 把猴头菇的头蒂减掉(硬的、黑的部分)。
3. 调好准备腌制的酱汁：酱油、素蚝油、芝麻油、胡椒粉和清水。
4. 把挤干的猴头菇放进酱汁蘸一蘸，待猴头菇吸味后夹起。
5. 调好1：1的生粉水，放进猴头菇拌一拌(生粉水可令猴头菇口感更嫩)。
6. 放进带盖子的容器隔水蒸一小时，使猴头菇更入味松软。
7. 把蒸好的猴头菇夹起，在表面撒些生粉(少许生粉裹着猴头菇炸会有外酥里嫩的口感)。
8. 把猴头菇放进热油炸好后，捞起沥干。
9. 再把猴头菇放进热锅，放些许胡椒粉，炒几下(免放油)，再放些许罗勒叶，炒几下出锅。
10. 摆上煎好的杏鲍菇、焯过水的芦笋。
11. 勾芡：热锅里放些许玉米油、少许素蚝油、少许酱汁、少许胡椒粉、兑好的生粉水(1生粉：2水)，放进热锅拌匀，煮开，出锅淋在猴头菇上。

素，XXL

资深素食者的
友情力作，
果然份量十足。
就那块100%自主研发的
“重磅素扒”，
已够霸气。
加上厚切天然素芝士--牛油果，
营养口感，双份丰厚，
再加用两小时烤制的干香小番茄，
满铺一层，美味加码。
好一个纯素巨无霸！
吃素，
当仁不让，何须委婉？
就像这份加加大素汉堡，
素，可以吃得很磊落！

素汉堡

「**食 材** / Ingredients」

大褐蘑菇150g(中等尺寸)、毛豆50g、芹菜80g、
红萝卜40g、一茶匙海盐、1/2茶匙黑胡椒、
1茶匙酱油、1茶匙辣椒粉、1杯面包糠、
1/2茶匙木薯粉、2汤匙亚麻子浆、香脂醋、圣女果40只、
牛油果2只、盐和胡椒粉、橄榄油、苜蓿芽或沙拉菜

「**步 骤** / Steps」

1. 预热烤箱110°C，将番茄仔切半，加海盐，黑胡椒，橄榄油，放入烤箱烤2小时。
2. 毛豆用水煮至熟软，备用。芹菜、红萝卜和蘑菇切碎粒备用。
3. 将毛豆、芹菜和红萝卜放入搅拌机，打成泥。
4. 预热平底锅，放橄榄油，放毛豆、芹菜、红萝卜泥炒香，放入蘑菇粒，下调味(1茶匙海盐、1/2茶匙黑胡椒、1茶匙酱油、1茶匙辣椒粉)，炒至材料熟透，取出放凉。
5. 待凉后放入亚麻子浆，搅拌均匀后慢慢放入1杯面包糠，搅均匀，最后加入1/2茶匙的木薯粉。
6. 拌均匀后可得380g的汉堡扒材料，可分为4个中size的汉堡扒或2个大size的汉堡扒。
7. 预热平底锅，放油，慢火把汉堡扒煎至黄金色，然后涂上一层香脂醋。
8. 把半干的蕃茄仔从烤箱取出，切牛油果，开始摆盘，依次放番茄仔、汉堡扒、牛油果、苜蓿芽。

叶子与种子

西餐中，
有一道经典意面，
味道极为别致。
做起来，倒不麻烦，
只须寻得一种叶子，
美食就成功了一半。

一闻到罗勒的异香，
胃口立刻醒神。
加上不计成本的松子仁，
一起打碎，
混合成的油绿的青酱，
能量超高，
口感也当真奢华。
裹着青酱的意面，
只一口，
就不得不对这绝配，
口福亦心服。

叶子与种子的惊喜，
藏着自然的神秘，
仿佛让我们尝到了一点什么，
又实在难以言喻。
或许，就是那
——不知道的味道。

青酱意面

「**食材** / Ingredients」

意面、罗勒、松子、小番茄、鹰嘴豆、
柠檬、橄榄油、黑胡椒、盐

「**步骤** / Steps」

青酱

1. 罗勒叶洗净切碎，松子去壳。罗勒碎、松子、盐、黑胡椒一起放入搅拌机，加适量水没过搅拌头，将食材打碎成稀糊状。
2. 在青酱里挤一点柠檬汁，再慢慢加入橄榄油，搅拌均匀，让所有食材的香味融合。

小番茄

把洗干净的小番茄对切，抹橄榄油、撒黑胡椒和盐。
入烤箱180度烤10分钟。

青酱意面

1. 水烧开，加盐，下意面煮至9分熟，捞出沥干水分。（注意不要煮太软，否则接下来不太好炒。）
2. 平底锅烧热，加少量橄榄油，放入意面，再倒入青酱拌炒均匀。加烤好的番茄和鹰嘴豆可以增加丰富的口感。

小贴士

1. 青酱非常容易变色，柠檬汁里的VC可以抗氧化，防止变色。如果一次做的青酱比较多，装瓶后最好浇上一层橄榄油以隔绝空气。
2. 可以卤一些鹰嘴豆，丰富口感。

花菜炸物

「**食材** / Ingredients」

白花菜一棵

面糊：

原味豆奶或杏仁奶1+1／4杯、全麦面粉1杯、
盐1茶匙、泡打粉1/2茶匙

酱汁：

植物油1-2勺、姜茸2茶匙、玉米粉1茶匙、
辣椒酱适量、苹果醋1/4杯、酱油1/2杯、
芝麻油2茶匙、冷水1/4杯、芝麻适量

「**步骤** / Steps」

炸花菜

1. 将豆奶、面粉、盐和泡打粉在一个小碗里混合均匀。
2. 根据面粉的吸水性，适当调整全麦面粉的量，令面糊的稠度可以厚薄适中地包裹住花菜。
3. 入油锅炸至面糊层金黄变脆，捞出沥干油。

调酱汁

1. 把酱汁调料（玉米粉除外）在小锅里熬煮十分钟。
2. 将玉米淀粉融化后，加进热酱汁中和匀。在炸好的花菜上淋上酱汁，撒上芝麻即可。
3. 炸花菜也可以裹糖醋酱汁，微脆表皮和糖醋汁也特别搭。

味朵朵

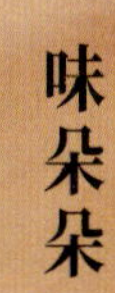

把白花菜折分成
一小朵，一小朵……
静默的时光
在细致的心境中
朵朵生花。

一步一骤，
不疾不缓，
一点一滴，
滋味酝酿，
一箸一口，
正合心意。

不经意，
发觉自己，
嘴角正微微上扬。

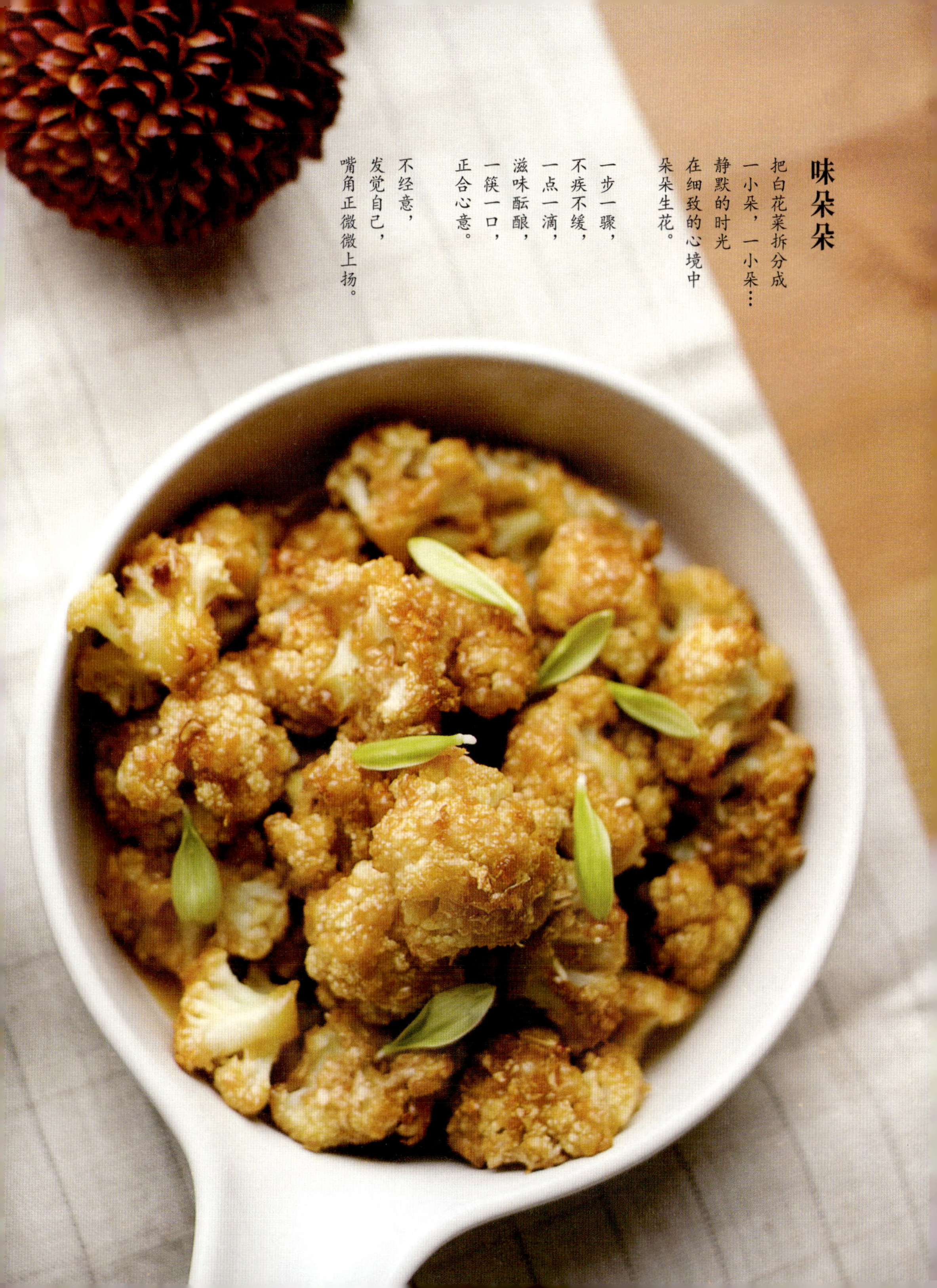

土豆的二次“圆”

从本来的圆形，
经过蒸、碾、揉、搓、烤，
彻底粉碎了，重来。
最后，又回复到了圆形。

一口一个，馥郁酥软，
新鲜熬煮的茄汁，
包裹着烤土豆的香味，
味和胃，同觉饱足。

想来……

此圆非彼圆，
彼圆出此圆，
不经事来磨，
何来圆上圆。

于一小事中，细细悟，
于一小菜中，慢慢品。
其味更美，其趣甚妙。

意式茄汁玉棋

「**食材** / Ingredients」

马铃薯、番茄、高筋粉、粟粉、
生姜、西芹、彩椒

「**步骤** / Steps」

玉棋

1. 马铃薯(150g)用盐水煮30分钟左右，至牙签能轻易插入，剥掉马铃薯皮，放凉。
2. 将马铃薯压成泥，并过筛，与高筋粉(30g)、粟粉(10g)混合揉搓均匀，至还未出筋的程度。
3. 将马铃薯面团搓成细条，切成小剂子，按扁成椭圆状，用叉子按压造型。
4. 将制作好的玉棋放入烤箱，烤10分钟左右。

茄汁

1. 切番茄、生姜、西芹、彩椒成丁。另备青椒切圈。
2. 下油爆姜，椒圈翻炒。番茄丁入锅翻炒。
3. 番茄丁炖10分钟左右成番茄汁后加西芹、彩椒。
4. 马铃薯球入番茄汁中翻炒一分钟，起锅。

汤
Soup

养生补气汤

「**食材** / Ingredients」两人份

黄芪1.5g、党参1.5g、姜2g、板栗20g、山药20g、莲子5g、红枣5g、枸杞0.5g、盐0.5g、水500ml

注：食材分4批放入，汤有层次感，煲1.5小时左右。

「**步骤** / Steps」

1. 先放黄芪、党参（有些有沙，需洗净，再剪成两厘米长度）、姜（切大块，拍一下）。大火烧开，转小火30分钟。
2. 再加入板栗和莲子，大火烧开转小火再煲30分钟，搅动一下。
3. 再加入红枣和山药，大火烧开转小火20分钟。（红枣去核：用剪刀中间旋转剪开，分成两半，沿着边用剪刀夹核，取出核）。
4. 最后放枸杞，适量盐，关火。

白参菌汤

「**食材** / Ingredients」

白毫银针、白参菌、雪莲子、新鲜核桃

「**步骤** / Steps」

1. 将雪莲子提前泡发一晚，煮好备用。
2. 将白参菌去蒂洗净，新鲜核桃仁去皮，一起放入汤锅，大火煮开后转小火，焖煮30分钟，再将雪莲子放入汤锅小火煮5分钟。
3. 把汤料捞出，用菌汤来煲白毫银针，小火3-5分钟，再把汤料放入烧开即可。注意不要焖太久，汤色才会明亮剔透，味道也更上扬。

爱之四神

人世间，
爱的味道实在不像爱。
有甜腻，有青涩，有浓烈，有苦楚。
是酸甜苦辣的交替，
是悲欢离合的转场，
是一次次患得患失的轮回，
是一遍遍痴心妄想的落空。

这一碗
温暖清淡的四神汤，
倒让我品到了些真爱味道。
淮山，莲子，芡实，茯苓，
加上去湿的薏米，
放在一起，竟是清一色的朴白。

平和的温润，真实的滋养，
不取悦感官，不讨好味觉，
细细的，熨帖着五脏六腑，
慢慢的，由内里生发出能量。

爱的味道，也本应是这样吧。

四神汤

「**食材** / Ingredients」三人份

土茯苓15g、薏米15g、淮山25g、莲子25g、豆笋3条、莲藕半根、芡实15g、当归5g、花生10g、姜片4-5片

「**步骤** / Steps」

1. 豆笋泡一夜，下油锅炸到金黄。
2. 麻油爆香姜片。
3. 把所有食材除豆笋外放入汤锅，大火煮开后转小火，煲约1小时30分钟。
4. 放入豆笋，再继续煲30分钟，煮到所有食材绵软为止。
5. 最后加盐调味即可。

四神汤

四神汤是发源于台湾东部的小吃，因为使用了淮山、莲子、茯苓、芡实为主要材料，这四种药材在中药里称为“四臣子”，与闽南语的“四神”谐音，因此称为“四神汤”。

四神汤适合添加莲藕来增加汤的润滑感，豆类制品增加口感层次的丰富性。

由于后来渐渐加入薏米，所以现在一般的四神汤料其实有5种药材，也有的药材店把芡实和薏米算一种，各配一半的分量。

四神汤是性质平和的药膳汤，特别适合在初夏时节，退暑热祛湿时食用。

小食
Hors D'oeuvres

卤茶干

「**食材** / Ingredients」

白豆干、普洱茶、香菇、姜、
卤料（八角、桂皮、花椒、香叶、草果）、
酱油、植物油、盐、红糖

「**步骤** / Steps」

1. 白豆干切成小块。放入开水里焯一次水去掉豆腥味，捞出来，沥干。
2. 在锅里加一点油，爆香姜片。倒入沥干水后的豆干，翻炒至金黄色。
3. 将泡好的香菇切片，在油锅里炒干，炒香。
4. 豆干和香菇倒入一个大锅，加入卤料、普洱茶、酱油、植物油、盐、红糖和水，没过豆干。
5. 大火开后，关小火焖30分钟。关火后，继续让豆干泡在卤水里3小时左右，更入味。

一味久久长

无论是粗茶淡饭，
还是精美珍馐，
无论是简或丰，
到底，
无外乎是食物的变化，
无外乎是心念的转换。

就像
这简简单单的茶干，
以平常的普洱入味，
几样最普通的香料，
就仿佛让人
瞬间回到生活的初始，
没有了后来的无限叠加，
不再无休止地追新逐奇。

一饭一餸，恬淡至简，
不厌不倦，长长久久。

素姜醋

「**食 材** / Ingredients」

干姜500g、黑豆500g、花生300g、
海茸头200g、八珍甜醋2200ml

「**步 骤** / Steps」

1. 提前一晚准备工作：干姜、八珍甜醋一起放进瓦煲里浸泡；花生清水浸泡待用。
2. 提前一晚浸泡海茸头，泡好的海茸头剪刀剪小口（海茸头的大小以方便熬煮为主），清水浸泡待用。
   注：海茸头泡发会有所膨胀，建议多放些清水。
3. 纱布浸湿拧干，把黑豆包在湿布里来回擦拭（清洁黑豆），用炒锅把黑豆炒熟（酥香为准）。
4. 泡发的花生加水煮熟，泡好的海茸头焯一焯水（去掉一些粘质），把炒熟的黑豆、熟花生、海茸头一起放进瓦煲和干姜、甜醋一起煲（先用大火煲开再转中小火）大概20-30分钟（看材料熬煮的情况）。煮好的素姜醋放凉后便可食用。

小贴士

有条件的情况下可以把做好的素酱醋搁冰箱静置一周以上，可以让所有的食材更充分地融合，要食用时取需要的量加热即可食用。

膳养

一碗馥郁浓稠的姜醋，
是天赐的养生佳品，
一勺一勺，
慢慢让酸甜姜汁流过喉舌，
顿觉百骸舒泰，通体滋养。

从什么时刻，
我们开始学习？
从什么时候，
我们开始懂得？

善待自己，
善养体魄，
善知物性，
善通情理，
善解彼此，
善良心灵，
善护正气。
不负万物之子，
无愧天地之赋。

叶儿粑粑

「**食材** / Ingredients」

苹婆叶、糯米粉、艾草、花生碎、油、食盐

「**步骤** / Steps」

1. 新鲜艾草用开水焯一下，去除涩味。
2. 用刀背来敲碎叶片，保留纤维。挤出汁，保留粗纤维。
3. 油炒艾叶纤维。（油适量多点，纤维滋润一些。）
4. 糯米粉与艾叶纤维混合，和匀。（艾叶也可直接用料理机搅拌成汁，与糯米粉混合。）
5. 包馅，可以用花生碎或者各种咸、甜馅料。
6. 蒸20分钟左右。

苹婆叶：这是朋友家门前苹婆树的叶子，也可用蕉叶等其他叶子代替。

像艾一样的爱

明明生于野，
却是独一无二的良药，
明明形若蒲，
却是别具一格的美食。

它，名为——艾。
其气正，其味平，其性温，
其名同——爱。

假如，
要为爱开一剂良方，
当是，
真心一味，诚意一味，
热忱一味，勇气若干，
还需
正气做药引，
智慧来萃取。
方得温暖人心，
滋润灵魂之功效。

真爱，出于正，
爱正，免于痴，
去痴无私，
彼此长养。

一卷食，纸上书

当米纸在水中温软，
轻轻提起来，
薄薄的，如阳光透窗。

几样时令小菜，
一样寸长切好，
轻轻细细地包进米纸，
半透明的一卷卷，
像写给光阴的信笺。

更喜欢不蘸酱汁，
清清润润的，
只余微凉的米香，
裹挟着食物的原味。
不在尘，却入世，
几分馋，几分禅。

不期然，
遇一种食味，这般淡然，
得一刻时光，如此淡定。

越南米纸卷

「**食 材** / Ingredients」

越南特级米纸、胡萝卜、青瓜、千页豆腐、干牛肝菌、海苔片、黑芝麻、鲜薄荷叶

「**步 骤** / Steps」

内馅

1. 将胡萝卜、青瓜切丝，海苔片剪条，备用。（如果用普通黄瓜，请记得把黄瓜中间的籽儿去掉，不然在卷的时候会出很多水。）
2. 将干菌菇片泡发好，将千页豆腐切细条，分别炒香备用。（千页豆腐仅需放少量油和酱油略煎，保留其丰富的口感。）

泡发米纸皮

1. 在水盆里放入温水，水温以不烫手为宜。
2. 放入水盆中15-20秒钟，直到米纸皮开始变软且有滑腻手感即可。
   注意：不能在温水里泡太久，不然米纸皮就会变得太软不能成型。
3. 把米纸皮铺在平整的器皿或案板上。
   先将胡萝卜丝、黄瓜丝放上去。再将事前炒好的千页豆腐条、菌菇片、海苔丝码放整齐。（撒上黑芝麻粒，根据个人喜好，可配合薄荷叶。）
4. 把米纸皮的两边折起来，轻轻的卷起纸皮，包成长条形。

粉透透

不常在家吃得到的，
原来做起来，并不难。

从半透明的白浆，
冷却成透亮的果冻样子，
赏心悦目，令人欢欣鼓舞，
仿若孩童。

用特别的旋子刮，
刮出均匀一致的粉条，
简单速成。再次验证了：
工具改变人类生活。

集合各种香辣，
调出地道川味，
最后，
当陈醋遇到凉粉。

快乐，就呲溜，
呲溜的爽快，
半点不含糊。
突然觉得：好好生活，
一直都没有想象的难。
只要，用点心。

旋子凉粉

「**食材** / Ingredients」

豌豆粉、姜水、盐、糖、花椒粉、酱油、麻油、陈醋、辣椒红油

「**步骤** / Steps」

1. 豌豆粉和水以1:10的比例混合、溶解。
2. 将混合溶液倒进锅里，边搅动边加热，直至开始冒泡（表示已煮沸）。
3. 煮沸后会呈透明色，将煮沸后的溶液倒入容器，待完全冷却后，脱模。
4. 用旋子刮条，也可以用刀直接切成小块或长方条。
5. 用姜水、盐、糖、花椒粉、酱油、麻油、陈醋、辣椒红油调味（醋是凉粉调味的关键）。

面

Noodles and Pasta

至真

事情，做到什么程度算做好？
实在是没有止境的。
因为，细致没有止境，
认真没有止境。

就像这饺子，包了多少年，
吃了多少回，
却发现，原来还可以更好。

取植物中的色彩，
面团就生动起来，五彩，七彩
随你创新创意。倒是馅料，
收摄了往常的随性，
严格按比例，
可以保证最佳味道。
如此悉心，
早已超越吃的范畴。

对生活的热情，对生命的真爱，
不一定在高涨的情绪中，
不一定在动人的言语中，
而一定在
我们每一刻的认真里。

五色饺

「**食 材** / Ingredients」

西葫芦、干香菇、湿香菇、腐竹、胡萝卜、姜末、生抽、盐、胡椒粉适量、香油、植物油

「**步 骤** / Steps」

1. 将西葫芦、胡萝卜、腐竹都切成绿豆般大小的小丁，切好姜末备用。切好后，加入植物油和香油，拌匀，静置待用。
2. 炒湿香菇。将新鲜香菇切成黄豆大小的丁，放入热锅，煸炒，让其慢慢失水，炒干后加入油和姜末，煸炒。炒香后淋上生抽和胡椒粉，出锅，备用。
3. 炒干香菇。将干香菇切成红豆般大小的细丁，热锅加油，放入香菇煸炒。炒香后淋上生抽，出锅。用锅的余热和剩油将腐竹和姜末拌匀，出锅。
4. 调馅。将以上炒料冷却，拌入装有西葫芦的容器，拌匀。调上盐、生抽、香油、胡椒粉，拌匀。
5. 准备饺子皮，包饺子。在包的过程中会有西葫芦汁析出，将馅料拨到一边继续包。等到汁液过多就将饺子馅捞出来，西葫芦汁留作它用。

西葫芦要提前切好，用油和香油拌匀，放置半小时比较好，可减少西葫芦在加盐后水分的流失。包饺子过程中，西葫芦汁控出时，不需要将馅料汁挤的太多，煮的时候才会有灌汤的口感。

平常的好日子

如果把时间分成两拨，
一拨好日子，一拨坏日子，
云吞，仿佛是从儿时开始，
就注定是属于好日子里的记忆。

现在，总时不时包一些云吞，
汤汤水水的，多放一点胡椒粉，
淋上点香麻油，
一口一个，馅足皮薄。
明明是最平常的小食，
却让人满足得像云吞鼓鼓的。
那一顿，那一天，
就自然又归到好日子那拨去了。

如果把每个平常的日子，
都过得鼓鼓的饱满，
我们的生活，一定是
好日子密密麻麻，
坏日子寥寥无几。

素云吞

「**食材** / Ingredients」

鸡毛菜、腐竹、新鲜香菇、姜、生抽、盐、麻油、番茄酱或甜辣酱

「**步骤** / Steps」

1. 腐竹泡发、切碎，新鲜香菇洗净切碎。
   注：选择新鲜香菇，是因为它用热油稍炒后会有黏性，可使馅料不会太散。
2. 鸡毛菜洗净（注：先不切），腐竹和香菇分别炒熟，快熟时加入生抽、盐、麻油等调好味，另炒一份姜末备用。
3. 再来切青菜，切好后马上用植物油拌一下，防止切口出水。
4. 包之前再将拌好的青菜和炒制过的腐竹、香菇、姜末拌匀，这样做出的馅料，包制过程中既不会出水，又保持青菜的营养不流失。

注：买好的云吞皮，放入馅料在中心，两角对折，反转捏和，就可以了。

鸡毛菜 小白菜幼苗，鸡毛菜是小白菜幼苗的俗称，“鸡毛菜”的叫法以上海一带比较普遍。

云　吞 云吞源于北方的“馄饨”，传入南方时因“馄饨”与“云吞”的粤语发音相近，又取其“一口一颗”的意思，于是南方人逐渐把“馄饨”称为云吞。

煮云吞 水烧开，碗底放紫菜，香菜或其它调味品，口味按个人喜欢调制，云吞煮熟（不需太久，浮起即可）捞入碗中，浇入煲好的素高汤，就可以享用了。

炸云吞 油烧热，放入包好的云吞炸至金黄酥脆，放入盘子，可配番茄酱、甜辣酱或素腐乳酱等不同风味的酱料，各有特色。

朴食素颜

因焖熟，
而显得随意的劳作，
让朴实的食物，
赋有质感。

食物本来的味道，
食物本来的美好，
像这个朴素干净的样子，
没有更多添加，
无争，便坦然。

仿佛回到久远的从前，
人们就是如此。

紫苏千层饼

「**食材** / Ingredients」

紫苏叶、盐、 低筋面粉

「**步骤** / Steps」

1. 准备1.5:1比例的低筋粉与热开水。其中1:1份量的面与水用来烫面(一边少量地均匀加水,一边用筷子把面粉与水和在一起)。
2. 稍凉后,再加入余下的低筋粉,用手和匀。盖上湿纱布,醒面。醒久点(1–2小时)起层的效果更好。如果一次性和面较多,可以放在密封盒里放冰箱冷藏室,2–3天内随吃随取。
3. 醒面同时制作紫苏油。将紫苏叶切碎,放适量盐,油烧热后泼在紫苏叶上。用细盐比较好溶,但泼油时要注意盐容易四溅。
4. 面醒好后,切成几段,取一段搓圆,按扁,擀成薄片,抹上紫苏油,再薄薄洒上一层干粉(这一步是"千层"的关键!),裹紧,扭转,再擀成薄片。
5. 平底锅加油,油热后放入饼开始煎,过程中注意调节油温,饼皮结面后可以调成小火(即燃气灶除了中间小火外,边沿也有一圈小小的火苗)。油量可以稍多些,过程中可用铲子轻轻戳饼皮,能促进分层。
6. 两面轮换煎,大约5分钟可以完成一张饼。

红糖锅盔

「**食材** / Ingredients」

面粉、红糖

「**步骤** / Steps」

1. 发面。
2. 将面团分割成35克一个的剂子，像包包子一样包入红糖粉（红糖尽量成粉末状，不然随后擀皮时红糖颗粒容易顶坏面皮，一加热糖就会流出来）。“包子”包好后，捏紧封口处，用擀面杖轻轻擀成面饼，约10公分直径。特别小心不要擀破皮。
3. 平底锅加热，把面饼放进锅，无需加油，中小火炕至面皮局部金黄，面饼馅儿的部分有些鼓胀，就可以出锅了。面皮是软嫩的口感，红糖化成红糖液，趁热吃特别香，小心烫伤。

生机春盘

大地之上，寒冬未退，
已见新绿悄然。
第一线春机，
就立在冬的最深处。
烙香的薄饼，
卷起五彩时蔬，
以饼为盘，满捧生机。

怀念更远，远回最初。
上天恩典无所不在，
此时，
就在我们手中那一握。

卷春饼

「**食材** / Ingredients」

面粉、香菇、胡萝卜、彩椒、紫甘蓝、
香干、土豆、生菜、九层塔

「**步骤** / Steps」

1. 用沸水和面，按照水与面粉1:2比例。和好后醒面15分钟左右。
2. 切剂子
3. 擀单层面饼
4. 擀面后在一面上刷油，粘上另一张饼。（刷油是为了两个饼合而不粘。）
5. 擀双层面饼
6. 煎面饼（不放油，面皮起泡就翻面。）
7. 分开面饼（趁热，注意不要烫到手。）
8. 包入喜欢的五色菜即可。

小贴士

擀两次面饼，可使面饼更薄，更劲道。煎饼锅里不放油，为了卷饼时手不油腻。煎饼起锅，趁热分开面饼，面饼凉后难分开。

一碗足矣

怪哉！
每次吃到油泼面，
总有种莫名『释然』。
不仅仅是爽快够味，
不仅仅是酣畅饱足，
还生出一种乐呵欢喜来。

原来自己是这么容易满足的呀！

我们要的实在无需很多，
如此刻，一碗面，
足矣！

陕西油泼面

「**食 材** / Ingredients」

面条

面粉 150g、盐 2g 、水 80g

酱料

豆芽、胡萝卜、香菜末、花生碎、姜末、辣椒粉、盐、香醋、酱油、花椒面、黑芝麻、植物油

「**步 骤** / Steps」

扯面

1. 水80g和盐2g，搅拌均匀。在水和盐的混合物中逐渐加入面粉150g，揉成光滑的面团。盖上纱布，醒30分钟。
2. 第二次揉面。盖上纱布，再醒45分钟。（醒好之后，面团就像婴儿皮肤一样有弹性。）
3. 将面团搓成圆柱形长条，切成30g一个的剂子，将剂子摆放在刷了油的盘子上，剂子表层刷油，盖上纱布醒1小时。
4. 醒好的剂子擀成12cm的长条，用擀面杖在中间压一下（顺着长度方向压）。
5. 两只手分别拉住面的两端将面条扯长，可以用面的中部摔打面板，面会越扯越长。
6. 直到面条中间压过的部分变成薄膜，用剪刀开一个口就可以把一条面扯成两条。

调料

1. 开水焯豆芽，2分钟后捞出过冷水，控干水分后摆在碗底。开水煮面条，3-4分钟后捞出，控干水分摆在豆芽上。
2. 在面条上依次摆放：胡萝卜丝、香菜末、花生碎、姜末、辣椒面、盐。
3. 热油至八成热左右，泼油（摆放的配料尽量都被泼到）。
4. 立刻倒香醋2汤匙，放酱油，放花椒面、黑芝麻，拌匀。

凉面香飘飘

从备料开始，
好味道就飘散开来。
碾碎花椒，满屋生香，
爆香红油，辣香扑鼻，
吹凉面条，麦香四溢，
淋上芝麻油，香浓点睛。

凉面做好，满捧在手，
未入口，已是饱闻美味。
如此朴实，
滋味却达到感动级，
感动的，除了口味，
还有在素简与丰足之间
所感悟到的……
在我们需要的与想要的之间的，
那一段距离。

四川凉面

「**食 材** / Ingredients」

面条、盐、姜水、花椒粉、糖、酱油、麻油、花椒油、醋、辣椒油、烤(炸)花生粒

「**步 骤** / Steps」

1. 煮面前准备一个较宽大的容器，以及玉米油或葵花籽油、麻油备用。
2. 面煮熟后（煮熟就好，不宜煮太久，否则面容易糊），迅速将面挑至备用容器中，倒入适量玉米油和麻油，快速用筷子挑动至面条凉透。
3. 依次加入盐、姜水、花椒粉、糖、酱油、麻油、花椒油、醋、辣椒油、烤（炸）花生粒，和匀即可。
4. 四川人吃凉面通常会加入大头菜、宜宾碎米芽菜，如果买不到这两种食材的纯素品种，也可以用酸菜碎末代替。

辣椒油

辣椒面中加入花椒面和白芝麻，烧热油淋上去，就是川香味十足的辣椒油。

轻食
Light Meal

翠玉冻

「**食材** / Ingredients」

水500g、细砂糖100g、寒天粉10g 、
南瓜泥170g

「**步骤** / Steps」

1. 南瓜切薄片，蒸熟，压成泥，过筛。
2. 寒天粉加水煮沸，离火。
3. 将过筛后的南瓜泥、细砂糖加入(2)中，用手动打蛋器充分搅匀。
4. 再迅速将南瓜寒天糊过筛。
5. 将南瓜寒天糊倒入苦瓜中。（苦瓜先挖空瓤，并在盐开水中焯水，放凉。）
6. 寒天糊的凝固速度比较快，静待10分钟左右，即可按需切片，整形成自己需要的形状。

小贴士

苦瓜的食用方式依据个人口味，既可直接享受微咸微苦的天然味道，也可以点蘸其他酱料，推荐冰花酸梅酱。

往日时光

每一刻，
我们都在告别，
与一去不回的时光。
那微苦的感觉里，
总是透出柔韧的甜意，
终于化作淡淡的
——清凉。

谁能让时间凝结？
谁能将光阴挽留？
就静静品尝，
就欣然经过，
细听，
那个完全的真我，
要告诉你些什么……

赛蟹黄

「**食材** / Ingredients」

腐竹、胡萝卜、纯素乌榨(乌醋)、
油、生姜、食盐、白糖

「**步骤** / Steps」

1. 腐竹提前温水浸泡4小时以上，泡软下锅煮1分钟，稍稍挤干水份，切碎待用。
2. 胡萝卜切块，用料理机搅拌成细末，沥干取渣。
3. 油烧热，胡萝卜渣炒至微干，颜色由橙红变为橘黄，盛出备用。
4. 油烧热，姜碎炒香，放腐竹、胡萝卜末，继续煸炒，放乌醋、食盐，出锅。

小贴士

要吃出醋香，但又不能有酸味，纯素乌醋是最佳选择。没有的可选用香醋，尽量不要用陈醋或白醋。生姜切的很细很细，要有姜味但不见姜粒。胡萝卜碎要少量油炒干，可去青涩味，也更加营养。

彤丸

清明时节，慎终追远。
湿雨纷纷，行人沥沥。
在这样的日子，
连味觉也有几分索然。

不经意的，
尝到一味鲜香，
竟是用细细的胡萝卜茸，
耐心地炒干，
加入碎腐竹再煸，
最后乌酢提鲜而成。
一叶紫苏舟，
轻托彤丸。

虽忧思尤在，
然哀伤何益？
生死之间，迷雾苍茫，
有朝一日，山河照破，
天地清白，只待明珠。

青豆料理

「**食材** / Ingredients」

青豆 400g、南瓜 30g、杏鲍菇 30g、
植物油 2.5 汤匙、糖、盐、坚果

「**步骤** / Steps」

1. 水烧开后放入青豆，盖锅盖大火煮3分钟，捞出过凉水，料理机打成泥状。（注：青豆熟透马上过凉水，会保持青豆的翠绿。）
2. 南瓜切成0.1厘米薄片，上锅蒸熟(3分钟)；杏鲍菇切0.1厘米薄片，再切成小三角片，下锅用油(半汤匙)煎炒至焦黄。
3. 将青豆泥倒入锅里小火炒干至沙状(约20分钟)，过程中分两次共加入两汤匙植物油，加盐、糖调味。
4. 青豆泥晾凉后用模具压紧定型，放上南瓜片、杏鲍菇丝，撒上自己喜爱的坚果即可享用。

小贴士

青豆不要买已经剥好的，要买带壳的(一斤带壳豌豆大约能剥四两豌豆粒)，这样做出的颜色才会明亮。炒青豆泥一定小火，否则用大火容易飞溅，油分次加入，将油炒至完全融入再放下一次的油。

流芳
夏的绿，
是一年中最饱和的。
当豌豆成泥的瞬间，
那浓稠的绿意，
仿佛顷刻还原了
夏之繁茂。
方寸间，
满溢豆香，
入口即融，
鲜美怡人。
原来，
郁，亦清新，
绿，也留芳。

爱玉蚕豆冻

「**食材** / Ingredients」

野生爱玉籽、蚕豆、青瓜、食盐

「**步骤** / Steps」

1. 野生爱玉籽用纱布袋包好，在冷水中揉搓出粘液，滤掉液体中的絮状小渣，取清澈透明的液体。
2. 新鲜蚕豆加适量盐焯熟。
3. 将爱玉籽液倒入杯中。
4. 在爱玉籽液将凝固未凝固时，将蚕豆放入，整理蚕豆的位置。
5. 等待爱玉籽液完全凝固后，出模，装盘。

小贴士

可以依个人口味淋上桂花蜜、金桔酱等等，层次更丰富！

1. 爱玉籽液体十几分钟就会凝固，一旦凝固，蚕豆就放不进去了。所以最好在其他食材准备就绪后，再搓爱玉籽。
2. 淘宝可以买到爱玉籽，看个人喜好，也可以用国内的白凉粉或者蒟蒻来代替。
3. 嵌入的食材依个人喜欢，西兰花冻也是会带来惊喜的选择。

野生爱玉籽

爱玉，产自宝岛台湾，是一种无花果属的常绿植物。爱玉的果实成熟后，里面有许多绒绒的、像迷你麦穗一样的小籽，就是爱玉籽了。

爱玉籽在水里可以揉搓出凝胶，静置或冷藏后能凝固成透明果冻状。它不需要任何凝固剂，是素食者做果冻类甜点很好的食材。

爱玉冻本身有微甜味儿，性清凉，可解暑，是台湾夜市里常见的甜品，而其中最有名的，就是“柠檬爱玉冰”了。这一次，我们探索了爱玉的创新做法，你也可以试一试哦。

如初

小清新，似乎总带着少时稚气，
转瞬即消的趣致，不若深沉。
殊不知，
越是清浅新味，越需用心巧思。

瞧，这透着新绿的，
合着蚕豆青香，寒玉凝浅，
入口清凉，唇齿留馨，
既赏心悦目，又沁人心脾。
真是，小清新，大功夫。

《大学》中讲：
『日日新，苟日新，又日新』
有感，一时新，易，一贯新，难。
但愿，常保清新，
无论年岁与世事，
不忘初心，
哪会随波与逐流！

今吉

元宵过后，
金桔落幕。

年节中，
广粤风俗的大吉大利，
就寄托在一株株果实累累的橘树上。

取果数枚，宝珠粲然，
细细熬煮成橙金的桔酱，
吉祥之气仿佛也飘散开来，
悠然妙香，
一时体泰神安。

封存小瓶，慢慢享用，
朋友间小聚，
更添美味惊喜。

把吉祥寄托于美意，
根种在仁厚的心上，
每一个“今”天，
必是大“吉”。

金桔酱

「**食材** / Ingredients」

金桔、黄冰糖、水

「**步骤** / Steps」

1. 金桔洗净，去籽，切丝。
2. 将能量水、切丝的金桔、黄冰糖一起倒入锅中。
   （金桔500g、黄冰糖180g、能量水400ml）
3. 大火煮5分钟，转小火30分钟左右，直至果酱成粘稠状态，等冷却后装进果酱瓶里，冷藏保存。
4. 每次用无水无油的小勺取出，可以泡水喝（热饮冷饮均可），也可以当果酱。

红

有个词叫作——『红得发紫』，
莫不是说此物？

其貌不扬，土疙瘩样的甜菜根，
却拥有如此充沛的紫红浆汁，
不得不叹服泥土的神奇。

独有的土生味，常让人不免走宝。
其实，稍加变化，
就能创造出别具一格的味道。

加入腰果奶的甜菜根汁，
口感立刻多了细腻丝滑，
不仅色泽讨喜，
营养更是一目了然。

搭配同样有些生味的藜麦，
变身华丽丽的『双生记』，
沙拉，易做又出彩。

甜菜根「双生记」

「**食材** / Ingredients」

甜菜根、藜麦、腰果、核桃、香橙、薄荷叶、橄榄油、盐、纯素沙拉酱

素沙拉酱

豆浆粉20g、水70g、油80g、糖20g、盐0.8g、柠檬汁10g

「**步骤** / Steps」

1. 甜菜根去皮洗净，切条或擦丝。
2. 用橄榄油（或核桃油、亚麻籽油都可）和盐拌匀，腌制半小时。
3. 藜麦蒸熟，加入腌好的甜菜根中，再加入橙块、薄荷叶，淋上自制素食沙拉酱即可。

甜菜饮

甜菜根半颗，加20-30粒生腰果，冰糖适量，加水300ml，用料理机一起打至细滑。

甜菜根沙拉

1. 除了柠檬汁外，所有食材倒进破壁机，用最高速搅拌5秒钟。
2. 然后加进柠檬汁，再快速打5秒，即可。

红柚石榴沙拉

「**食材**/ Ingredients」

云南红肉柚、初秋脆柿、石榴、小红莓、薄荷叶、白桃乌龙蜜

水果沙拉是发挥想象与创意的菜式，各种新鲜缤纷的水果汇聚，可自由搭配。这次我们搭配的是几样秋季的果实，在干燥的气候里滋润一下自己。

烘焙

Baking Goods

一口菠萝

香酥的小点，
总是很受欢迎，
若能自己亲手烤制，
三五知交的下午茶，
就喝得更有滋味了。

一整个菠萝，
只熬出很少的馅料，
尝一点，酸甜生津，
让人满满期待。
一甜一咸，各有千秋。

若心里有光，
就尽力透出去，
叫人多生喜悦。
或两句暖语，或几许笑颜，
又或许用一番心意，
做点什么……

菠萝酥

「**食材** / Ingredients」

菠萝馅

去皮菠萝1500g、冰糖120g、 麦芽糖120g

油酥皮

中筋面粉 100g 、椰子油 25g、植物油25g

揉成光滑面团（不用揉太久，可能会比较稀），用保鲜膜包好，室温静置30分钟。

水油皮

中筋面粉100g、植物油30g、椰子油10g、黄金糖浆10g、温水35g

揉成光滑面团（揉搓15分钟），用保鲜膜包好，室温静置30分钟。

选择黄金糖浆，除了可以带来甜度之外，还可以增加酥皮的酥脆感。

菠萝馅

市面上的菠萝馅，大多是将冬瓜馅和菠萝馅混合使用，这样做出来的口感，比较甜腻，绵软。

我们这次选择用纯菠萝来做，也就是大家平时熟悉的“土凤梨酥”的馅料做法。这种方法做出来，酸甜适中，不软烂，有天然的菠萝果肉纤维在里面，香气十足。即便不是做馅料，直接点蘸面包片，都很好吃。

1. 将菠萝果肉切片。
   （中间硬芯部位，可以用料理机打成蓉。）
2. 将果肉蓉和切片的果肉一起，用纱布袋去水拧干。
3. 拧干后的果肉，与冰糖一起熬，开始大火，果肉出水变软后，转中火，熬到水份变少变干。放入麦芽糖，继续熬（熬制全过程都不停搅拌），直到收水变色，呈金黄色有拉丝现象，就可以了。
4. 馅的干湿程度可以视自己的口味和需要灵活把握。

「**步骤** / Steps」

1. 将油酥和油皮分割成相同份数
   （油酥16-20g / 份，油皮约24g / 份）
2. 将油酥团成小球，油皮按压成饺子皮模样，用油皮包裹油酥，压扁，用擀面杖擀成长型，卷起；转90度，再擀开一次，再卷起。
3. 所有的都做好，盖上保鲜膜，醒20分钟。
4. 醒好的卷，中间切开两等份，取一个，切面朝上，沿两边擀开，擀成中间厚两边薄（用手按压也可以）。包馅儿，漩涡一面朝外，收口向下放到烤盘上。
5. 烤箱预热220度，上下火，烤25分钟即可。
   （烤制过程中如果发现上色已完成，可以盖一层铝箔纸防止上色过度。）

一块，一块儿

能把日子过得甜美，
是一种天赋。
甜而不腻，美而不娇，
爱而不痴，乐而有节。

小小的一块，
就拥有大大快乐能量，
只一口，在嘴里化开，
甜到发丝，
美到细胞。

以茶会友，海阔天空，
最后，有它点睛，
欢喜上扬，友情升级，
因为，从此我们，
就是一起吃过cake的朋友。

一块，一块儿，
偶尔的一块，常常的一块儿。
心甜可久长，日日有美意。

磅诞糕

「**食材** / Ingredients」

低筋面粉 100g、高筋面粉 50g、糖20g、
酵母2g、盐2g、泡打粉3.6g、豆浆130g、
玉米油60g、龙舌兰糖浆30g、苹果醋3.2g

—

「**步骤** / Steps」

1. 温热豆浆(豆浆可以用豆浆粉冲,也可以在超市买新鲜豆浆)。因为酵母粉更容易溶于水,建议将130g豆浆分成110g豆浆＋20g温水,用这20g水来先融化酵母,再将酵母溶液与豆浆混合,再加糖。将混合溶液在温热的状态下,静置10分钟。
2. 在这十分钟里,把低筋粉、高筋粉、泡打粉、盐,过筛,混匀。(烤箱可以开始预热,200度。)
3. 将(1)的溶液加上油、糖浆,大致搅匀后,与抹茶粉或巧克力粉混合,翻拌均匀。
4. 最后加苹果醋,迅速翻拌后尽快放入烤箱。(该份量可达到6寸圆形模的一半容量,也适合一个中型磅诞糕模,我们这次为了便于切成条状,用的是六连汉堡模。)
5. 一般是200度烤30分钟。10分钟左右可盖一层锡纸,防止表面烤得过干或变色。同时可以将温度调到180度,具体烤的温度,根据自己的烤箱来把握。
6. 做好糕体后切块,淋上巧克力浆,裱上素奶油花,点缀上坚果,发挥创意,做出美味的素诞糕。

面包达人的温暖表达

人们常常说："达人"
且不论技艺的高超，
首要当是一个"达"字。
传达，表达，达到。

传达了什么心境？
表达了什么心情？
达到了什么心量？
高下立见。

有幸，
结交诸位暖心达人，
感悟种种温暖表达。
和着爱心，
揉进关怀，
烘托暖意，
焙出热情。
格外软柔可口，
香气扑面，满心欢喜。

其实，我们每个人，
都可以成为达人。
圣人有云：
和也者，天下之达道。
天地之间，
自有达人。

手感面包之

百变云朵面包

「**食材** / Ingredients」

高筋面粉 200g、盐 3g、低筋面粉 50g、纯素豆奶 150ml、酵母粉3g、椰子油 30g、甜菜糖 20g

「**步骤** / Steps」

1. 将除豆奶和椰油之外的其他材料放入容器内，搅拌均匀后，再加入豆奶与椰子油，将面团揉至均匀无粉粒。（揉匀就好，无需太久，揉好的面团稍微有点粘手也没关系。）
2. 将面团放进密封容器，室温下发酵一小时后，连容器一起放进冰箱冷藏室。
（此过程依据个人时间自由把握，5~18小时都可，时间越长口感越好。）
3. 取出后连密封容器一起（勿开盖），在室温下回温一小时。
4. 将面团取出，轻压排气，再静置面团，令其松弛20分钟，再整成自己喜欢的造型，或者包入合自己口味的坚果、果酱等等。
5. 整形后的面团，在温暖湿润处再次发酵至两倍大（约45分钟~1小时），烤箱预热180度烤15~20分钟。具体烤制时间要看面团的大小，一般如果要做小面包，面团为50克/个比较合适。

百变云朵面包

云朵面包，顾名思义，就是口感特别松软。我们采用“冷藏发酵法”来做，可以大大缩短揉面时间。

小贴士

在用“冷藏发酵法”做纯素面包的方子中，这一款可能是最受小朋友喜欢的口感，还有漂亮的拉丝效果。平时自制一些果酱来做夹心，也是很好的选择。

手感面包之

香蕉可可软欧

「**食材** / Ingredients」

高筋面粉 300g、盐 3g、低筋面粉 30g、香蕉泥 80g、可可粉 15g、酵母 3g、糖 25g、豆奶 180g、椰子油 25g、耐高温巧克力豆 40g

「**步骤** / Steps」

1. 所有成分混合均匀，揉至出筋膜。（能揉出手套膜最好，但手揉的话可能至少需要半小时才能出膜。如果不追求完美的话，揉至面团能拉出较平滑的膜就可以了。）
2. 温暖湿润处发酵至2~2.5倍大。分割成五个小面团，滚圆，松弛20分钟。
3. 整形后二次发酵，约一小时发酵到两倍大，筛上高筋粉，割十字口。烤箱预热至200度烤18~20分钟。

香蕉可可软欧

提到“欧包”，容易联想到不合国人口味的干硬面包。但是这款软欧包却颠覆了这种固有印象。尤其是当手指触碰到面包的一瞬间，忍不住会说，哇，原来这么软！再加上香蕉和可可的创新混搭，新口感+新口味，这是我们将它呈现给你的理由。

图书在版编目（CIP）数据

食悟 / 一天一素编著. -- 北京 : 北京时代华文书局, 2018.12
ISBN 978-7-5699-2717-7

Ⅰ. ①食… Ⅱ. ①一… Ⅲ. ①素菜－菜谱 Ⅳ. ①TS972.123

中国版本图书馆CIP数据核字(2018)第246502号

食 悟
SHI WU

编　　著 | 一天一素
出 版 人 | 王训海
选题策划 | 和合编辑部
责任编辑 | 陈丽杰　汪亚云
装帧设计 | 黄结华
责任印制 | 刘　银　范玉洁
团购电话 | 010-64269013
出版发行 | 北京时代华文书局 http://www.bjsdsj.com.cn
北京市东城区安定门外大街 138 号皇城国际大厦 A 座 8 楼
邮编：100011　电话：010－64267955　64267677　57735442
印　　刷 | 广东广州日报传媒股份有限公司印务分公司　电话：020-81880066
（如发现印装质量问题，请与印刷厂联系调换）
开　　本 | 787mm×1092mm　1/16　印　　张 | 10　字　　数 | 48千字
版　　次 | 2019 年 1 月第 1 版　印　　次 | 2019 年 6月第 2 次印刷
书　　号 | ISBN 978-7-5699-2717-7
定　　价 | 50.00 元